地球叔叔 EARTH教我的事

做對選擇就能改變

法生 圖　藤原宏宣 文　詹慕如 譯

出場人物介紹

EARTH叔叔
46億歲
我9歲
媽媽35歲
爸爸39歲

如同各位所見，我就是「地球」
關於我的詳細資料
請參見P.16-17的圖鑑

最喜歡自然和生物
是個什麼都想知道的
小學生

愛看電視
總是苦惱
如何維持家計

愛吃速食杯麵
最近的煩惱是頭髮越來
越稀疏、肚子越來越大

我想知道的事

媽媽，聽說大海和天空
很髒，是真的嗎？
爸爸，聽說高山和森林
都會消失，是真的嗎？
動物和魚變少，
很多人都
生病了
嗎？

星空燦爛的某一天晚上，
叔叔突然來了。

「喂！小子。」
小個子的叔叔長得像地球一樣，他站在我身邊對我說。

「快起來！我有話跟你說。」
一開始我還以為自己在做夢，但是叔叔面色凝重，一直盯著我看。
「你不是很好奇大海和天空，還有高山和森林怎麼了嗎？」

「很好！小子。」
大半夜的還這麼大聲說話，這位叔叔真是讓人頭痛。
他盯著正在揉眼睛的我，這麼告訴我。
「我們一起來想想，那些讓你好奇的事吧！」

我和地球叔叔的故事，
就從這天起掀開第一頁。

昔 EARTH叔叔覺得

以前——

雖然沒辦法製造太多東西、雖然很花功夫，

但大家還是花時間自己動手一個一個仔細製作……

這當中也可以感受到人與人之間的聯繫。

蔬果店
米
魚
醬油
電器行
蕎麥麵
蔬果店
油
米
地區型的店家
附近的店家
家裡的味道
簡單
老祖宗的智慧
天然
手工
味噌桶

從以前到現在，

雖然變得便宜快速又方便
改變了這麼多，你們真的覺得沒問題嗎？

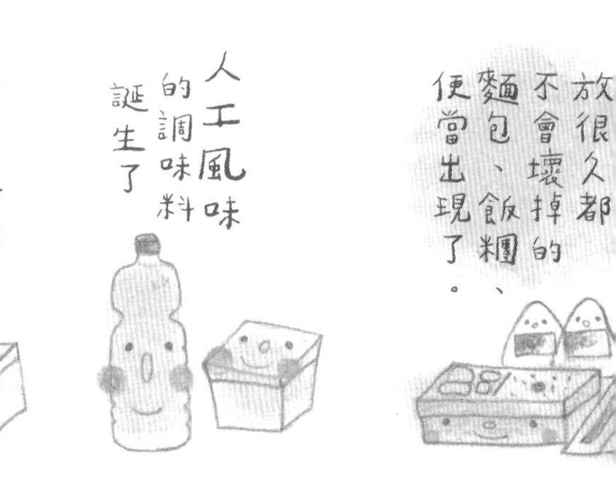

汙染海洋和河川，還帶來肌膚問題的各種洗潔劑誕生了。
人工風味的調味料誕生了
放很久都不會壞掉的麵包、飯糰、便當出現了。

現在——

隨時隨地都能買到任何東西，

但是……

發生了這些變化。

昔
今
大量生產、大量丟棄的衣服和食物愈來愈多。
原因不明的症狀增加了
大自然遭受到越來越多的破壞和汙染
我也來看看自己家裡的狀況

刷刷刷
刷刷刷

先從廚房
開始吧！
大家也看看自己
家裡的洗潔劑

洗衣精

在我家裡

家裡許多地方都
放了各式各樣的
洗潔劑。

家裡雖然變乾淨了，
但我們是不是弄髒了
更重要的東西呢？

用化學物質製成的洗潔劑

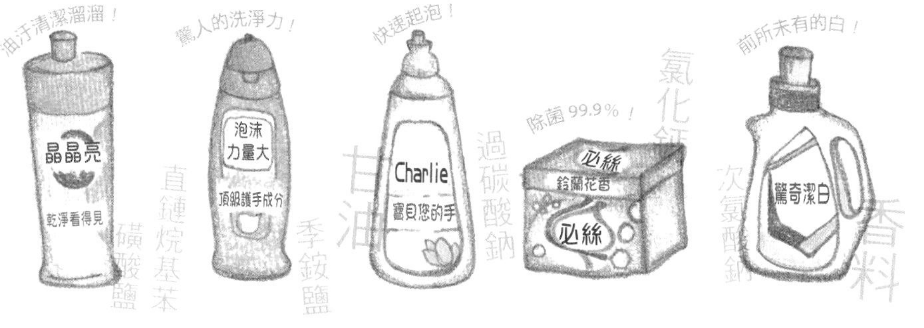
油汙清潔溜溜！
晶晶亮
乾淨看得見
驚人的洗淨力！
泡沫力量大
頂級護手成分
快速起泡！
Charlie
寶貝您的手
除菌 99.9％！
必絲
鈴蘭花香
必絲
前所未有的白！
驚奇潔白
磺酸鹽
直鏈烷基苯
季銨鹽
甘油
過碳酸鈉
氯化鈣
次氯酸鈉
香料

要洗得清潔、雪白，需要加入許多化學物質。

這些物質會流進河川和海洋中，也有些會殘留在餐具或衣服上。另外，據說現在因為化學物質致病的人數，已經逐年增加。

洗碗精

EARTH叔叔
會選哪邊
呢？

EARTH叔叔教我的事

**EARTH叔叔教我
就算沒有泡泡、
沒有香味，
也能洗得乾淨的方法。**

沒有泡泡
也能洗乾淨吧？

真的吧……
你聞～沒有奇怪的味道了～

用天然成分就能洗得乾淨，
為什麼還要刻意汙染海洋和河川呢……
這些汙染最後都會回到你們自己身上，不是嗎？
真是不懂

**雖然把餐具和衣服洗乾淨了，
但是以前我從沒想過這些洗潔劑會弄髒地球。**

用天然成分製成的洗潔劑

肌膚
土壤
水
空氣
地球
不受傷害
笑容的力量
Pure Soap
Omena 99
EM肥皂

從前的人，懂得用灶裡的灰來洗碗盤。他們或許已經知道，破壞自然的苦果終究都得自己承受。

灰、米糠、肥皂、壓克力環保刷，天然素材也可以充分去除汙垢。

接下來看看浴室吧！

洗髮精、潤髮

在我家裡

人的身體有那麼髒嗎？

我們從什麼時候開始天天洗澡的呢？身體雖然變乾淨了，但我們是不是弄髒了更重要的東西呢？

用化學物質製成的洗潔劑

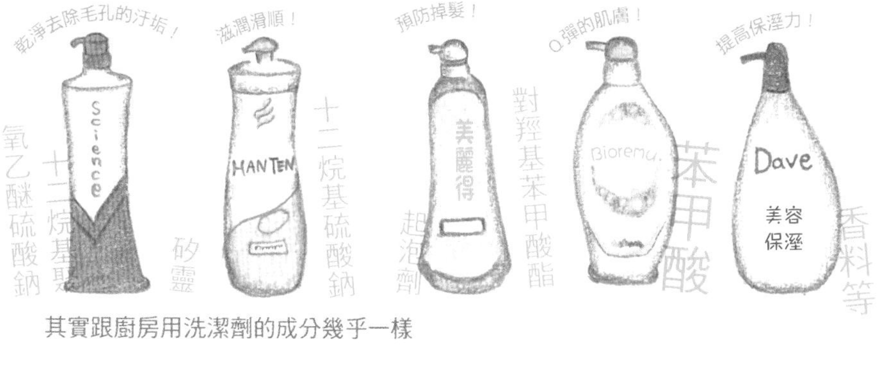

其實跟廚房用洗潔劑的成分幾乎一樣

日本頭髮稀疏的人口約有4000萬人，臺灣也有近600萬人有相關困擾。掉髮原因之一就是洗髮精太過強效的洗淨力。

乳、沐浴乳

EARTH叔叔
會選哪邊呢?

EARTH
叔叔教我
的事

日本和臺灣從很早以前就
開始使用肥皂。在這之前，
大家都用米糠、皂莢、皂果、
灰汁等自然物品來清潔。

EARTH叔叔教我，即使用熱水
或者天然的東西，也能
乾淨去除汙垢的方法。

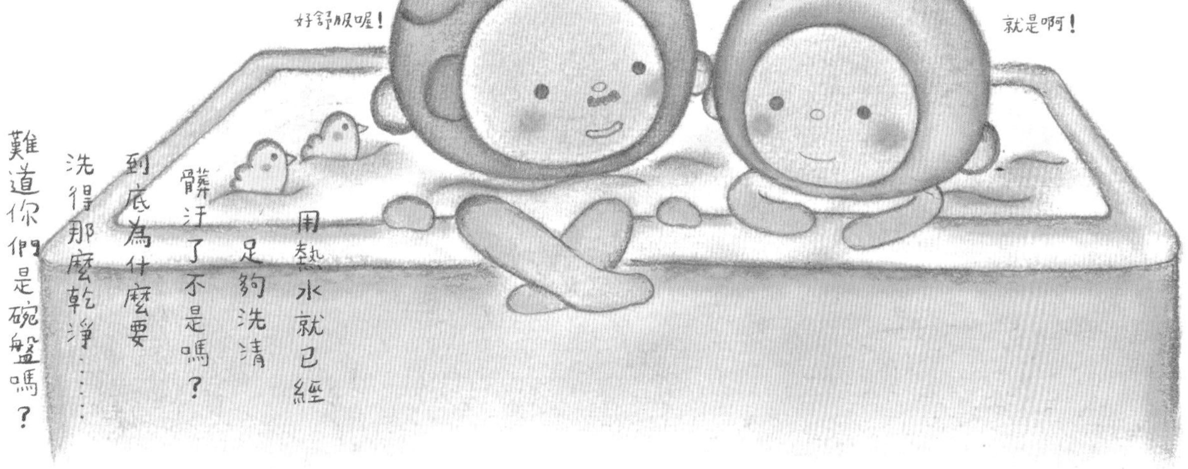

用天然成分製成的洗潔劑

天然的產品標示很簡單

日本人和臺灣人
很愛洗頭，幾乎
每天都洗。其實
在其他國家一般
的常識是兩天或
三天洗一次。

砂糖、

在我家裡

我知道每天大量使用的鹽和砂糖，
分成很多不同種類。
看起來都長得差不多，
內容是不是都一樣呢？

爸爸最愛吃杯麵
一不一樣都無所謂吧！
大概是做法不同吧！
黑糖和白砂糖有什麼不一樣？

人工、快速大量製造的鹽和砂糖

精製鹽原本是工業用的鹽，幾乎不含礦物質。另外，自從知道砂糖的害處後，越來越多國家開始課徵砂糖稅。世界衛生組織（WHO）公布，一天攝取的砂糖分量最好在25公克以下。

大量製造之下，
喪失了許多珍貴的東西。

EARTH
叔叔教我
的事

真正的鹽和砂糖，是來自大地和海洋的恩賜，只是換了個形狀。

現代人

礦物質不足的一大原因，就在於調味料的變化。

以古法製造的鹽和砂糖

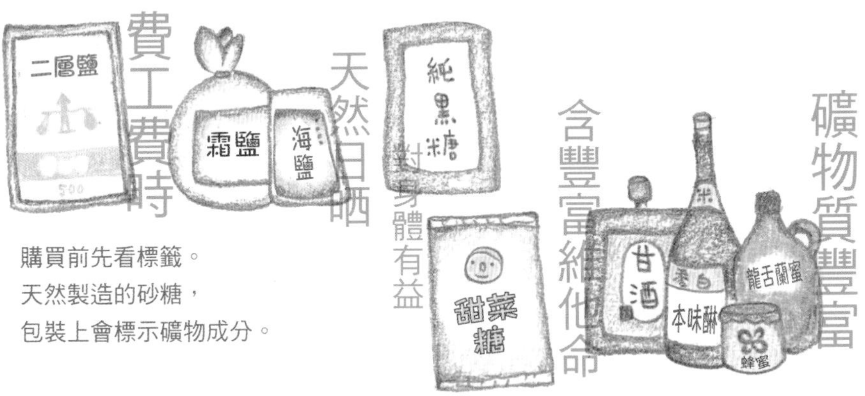

購買前先看標籤。
天然製造的砂糖，
包裝上會標示礦物成分。

以日晒、鍋燒等古法製造雖然很費時費工，但是卻可以保留對身體有益的豐富維他命和礦物質。

菌真的好可愛喔～
味噌

味噌、

在我家裡

亞洲人從以前就很喜歡味噌、醬油。
外表上看起來雖然跟以前一樣，
但是仔細看標籤就會發現，其實內容已經大不相同了。

本日特賣日!!
味噌區
醬油區
miso
高湯味噌
真正味噌原味
醬油
今日特價
每月一號最划算
為什麼呢？
為什麼加了這麼多東西呢？有好多化學成分喔！

以工業製程製造的調味料

為了大量快速生產，加了許多化學物質。

製作發酵食品得花不少時間。既然花時間，就無法大量製造，因此就產生了「ＯＯ」風味調味料這種不同於真正發酵食品的調味料。

醬油

一邊看一邊回想
我們的日常生活吧！

EARTH叔叔教我的事

EARTH叔叔教我，
製作味噌的方法。

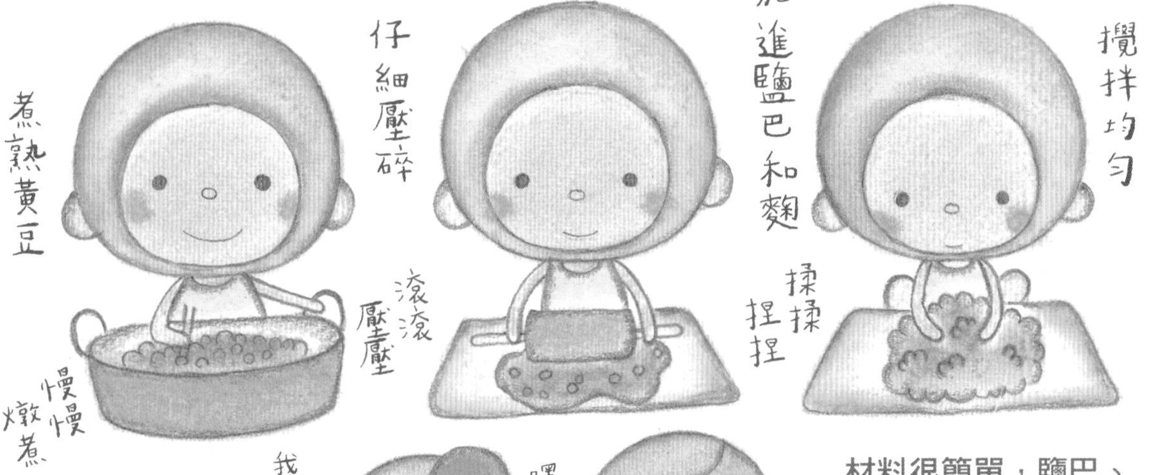

煮熟黃豆
慢慢燉煮
仔細壓碎
滾滾壓壓
加進鹽巴和麴
攪拌均勻
揉揉捏捏

我要放了喔！
嘿！
我負責放正常菌
EARTH MISO

以前的人都自己
在家製作，
不知不覺中
大家忘記了作法。
從什麼時候開始變成這樣的呢？

材料很簡單，鹽巴、
麴、米、黃豆……
靠發酵的力量、自然
的力量，慢慢的、仔
細的製作。
有生命的調味料，就
是這樣做出來的。

以古法製造的調味料

有生命的調味料
豐富的正常菌
保存食品
大自然
常溫保存也沒問題
以自己的方式添加變化
家的味道
丸角
日本丸角味噌
阿嬤的手工味噌
純黃豆醬油
中
井上古法醬油

靠自然力量做出來的調味料，才是真正的發酵食品。

這才是足以代表
美味的發酵食品，
不是嗎？

這些東西究竟
天然、還是
不天然呢？

一起看看

化學調味料

你要選哪邊？

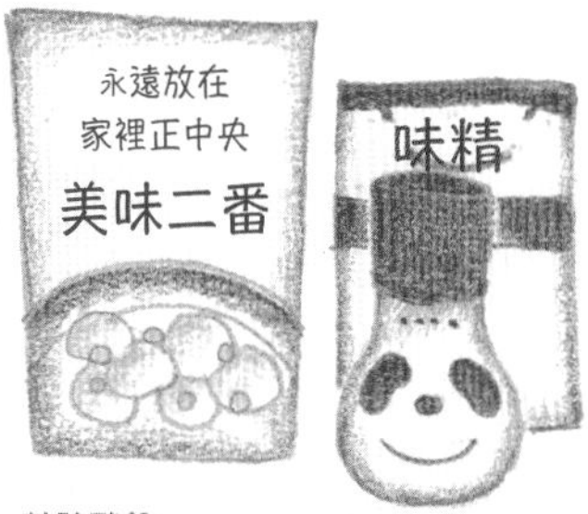

永遠放在
家裡正中央
美味二番
味精

麩胺酸鈉
會讓你的味覺變得不正常

高湯包

自然的味道

清涼飲料

大量砂糖、大量色素、大量香料。

除臭劑

你要選哪邊？

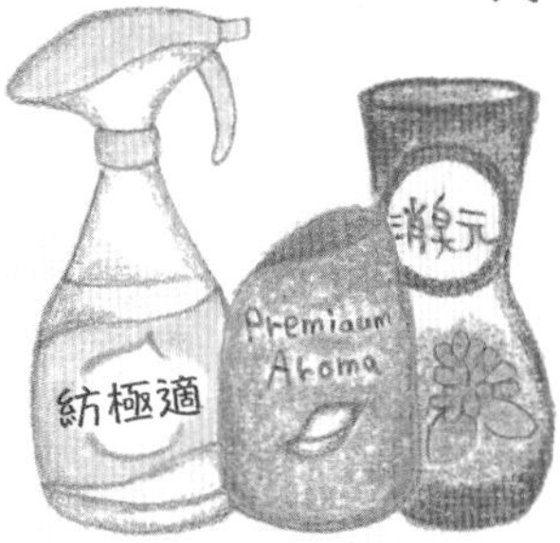

原本想除臭，卻因味道太強烈，
反而帶來香害化學物質過敏症。

豆之力
灰之力

天然成分也可達到除臭效果

防蟲劑

無臭幫手
衣櫥
守護者
艾斯電蚊液

有可能吸進跟農藥一樣的化學物質

衛生棉

你要選哪邊？

彈力貼身
超安心

讓石化物質接近敏感部位好嗎？

Natura Mooo
有機

讓你重新認識生理期舒適的
天然製品

零食

砂糖、色素、防腐劑，
許多你不想讓孩子吃的東西。

你們家裡吧！

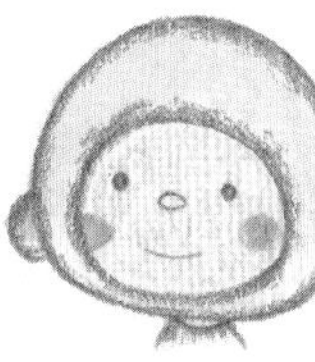

你的身體難受嗎？
開心嗎？
地球變髒了嗎？
快樂嗎？

你要選哪邊？

人體由水組成，想一想，
你希望放什麼東西到身體裡。

你要選哪邊？

油

沙拉油、菜籽油等，
使用化學成分萃取的油。

亞麻仁油、荏胡麻油、魚油等，
不使用化學成分萃取的油。

你要選哪邊？

利用蟲類討厭的天然薰香，
以天然素材來防蟲。

你要選哪邊？

牙膏

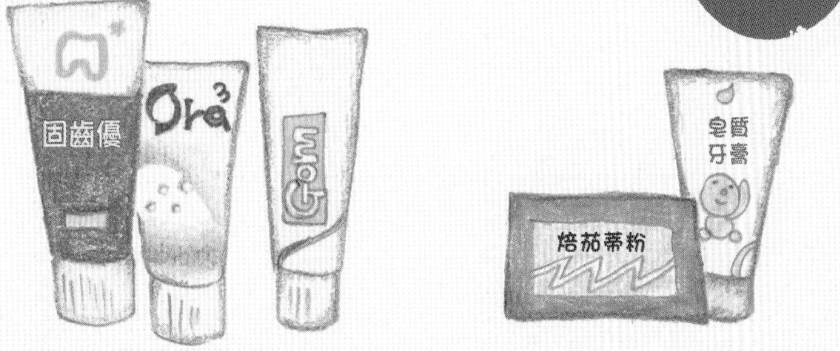

漂白劑、研磨劑、起泡劑、氟素。

不用化學藥品也可以保持口腔清潔

你要選哪邊？

採用天然甜味的點心，
孩子們的身體也好開心。

看來一模一樣的東西，
內容也大不相同。
天然、非天然。
對身體好、對身體不好。
這個世界上有許多觀點。
大家是不是覺得什麼都沒有差別，
在無意識下做出選擇呢？
看標示，並多注意內容。
你的小小選擇，
可能演變成巨大的問題呢！

孩子們沒有
能力自己挑選，
不是嗎？

EARTH叔叔圖鑑

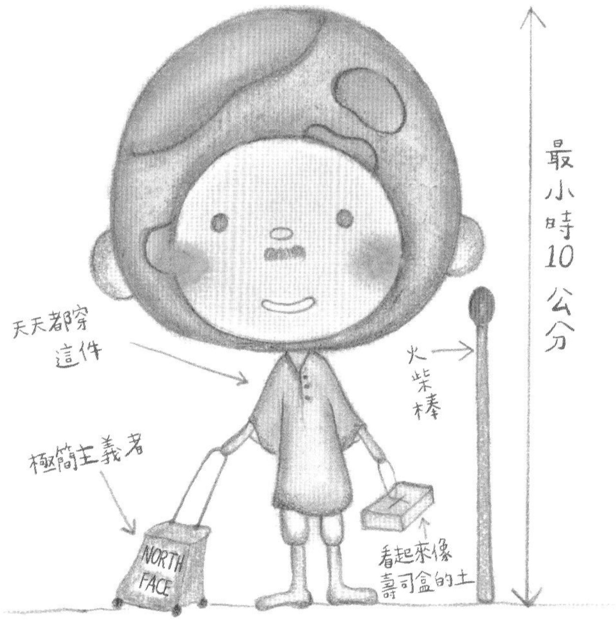

年齡
46億歲

籍貫
銀河系

語言
中文

身高
自由變化
最小10公分～1萬2742公里

註：地球的直徑為12,742 公里

朋友
太陽

喜歡的飲料
水

喜歡的食物
菌做的所有東西

興趣
平衡球
（因為他永遠在求取平衡）

口頭禪
好，大家開心點啊！

愛哼的歌
Four Leaves「我們只有一個地球」

個性
無限溫柔，一旦生氣又很嚇人，
還會大哭。

EARTH叔叔攜帶的東西

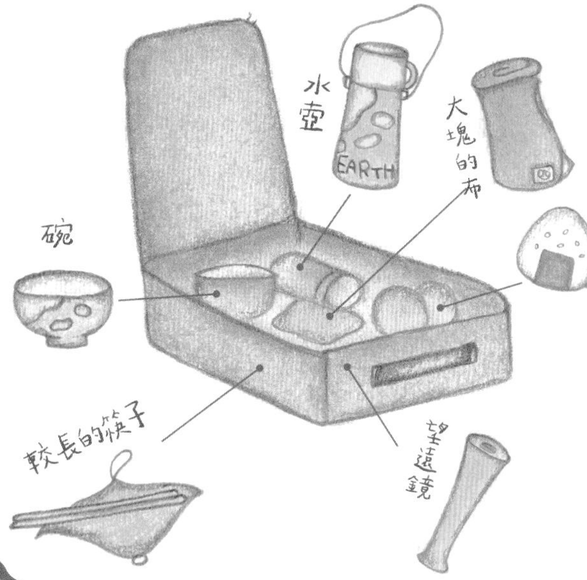
水壺
大塊的布
飯糰
碗
較長的筷子
望遠鏡

EARTH叔叔為什麼要在壽司盒裡裝著土隨身攜帶？

喂～我帶禮物回來了～
聚餐後回家的爸爸
咦，那是什麼？
總共是500元
錢？什麼是錢？
這是很好的土喔！

買東西的時候，會用土跟別人交換。

EARTH叔叔最近的煩惱

身體變得很髒
垃圾問題
最近一直覺得在發燒
暖化
頭髮突然變好少
森林濫伐
一直咳不停
蓮藕粉
空氣汙染
雀斑黑斑異常的增加
紫外線問題
常常拉肚子，走不出廁所
海洋汙染

EARTH叔叔有好多煩惱。
這些煩惱的原因是什麼呢？
讓我們一起來找找看。

我們停下腳步，仔細想一想。
住在這個星球上的所有生物，
都共同使用這裡的水、土壤和空氣。
大自然的恩賜，並非只屬於人類。
但是你們奪走的東西，
遠比需要的更多，
不考慮後果的弄髒這個星球，
留下難以治癒的創傷。
難道大家沒聽見嗎？
沒有聽見其他生物的哭泣聲嗎？

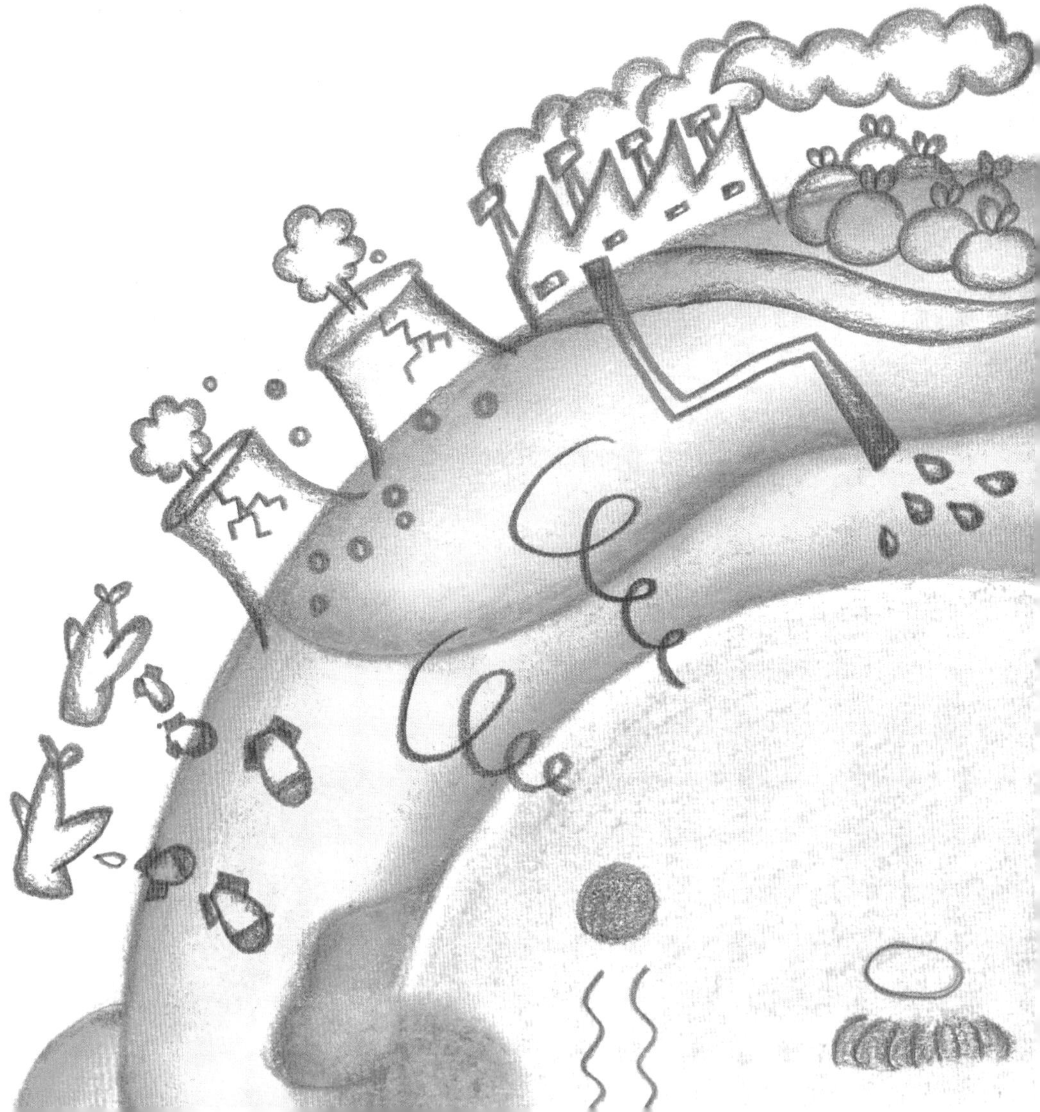

繼續這樣的生活方式，
將會演變成嚴重的問題，
最後也都會影響到你們自己啊！
大家一定不希望看到這樣的局面吧？
從現在開始大聲說出，
我們在這個星球上製造出的問題吧！
讓我們用更長遠的眼光來看世界。
這麼一來，
一定可以看見真正應該珍惜的東西。

快

現在我們可以用
很便宜的價錢，
買到許多流行的服裝。
看看大家的衣櫃吧！

很多人不斷購買過多東西。

所謂快時尚，是指在全世界以極短循環大量製造、銷售的服飾品牌型態。這種方式可以順應當時的流行，製造出許多不同款式的服裝。

雖然提供許多流行服裝，卻衍生了這些問題。

時尚

孟加拉這個國家有許多成衣加工廠（製造服裝的工廠），
在這裡工作的人薪水一個月大約1900臺幣。
（25公斤的米價錢是800臺幣，
窮人住的貧民窟租金約為800臺幣）
買了米、繳完租金之後，幾乎沒有多餘的錢。

要種植製造服裝所需的棉花，
需要大量的水和大量農藥。
很多地區因此飲水短缺，
農地也變得貧瘠。

衍生了這麼多問題所製造出來的衣服，幾乎在一年之內就會被丟棄。

在日本，進口約36億件的衣服中，一年大約丟棄31億件。

覺得便宜就買個不停……
你們真的需要這麼多衣服嗎？
難道不能再多穿一陣子嗎？
是不是買的遠比需要的多呢？
要愛物惜物……

讓勞工在惡劣環境下工作、
傷害大地，
花了這麼多錢……
最後卻又全部丟掉。
這到底能讓誰變得幸福呢？

隨時隨地 價廉物美 輕鬆方便

在大家居住的地方，到處可以看到這樣的商店。裡面幾乎什麼都有。

輕輕鬆鬆就能買到，
很多人都能吃到。

日本和臺灣都認可了許多食品添加物。因此，我們得以安心吃到許多不容易腐敗的食物。

雖然輕鬆又方便，卻衍生了這些問題。↗

食

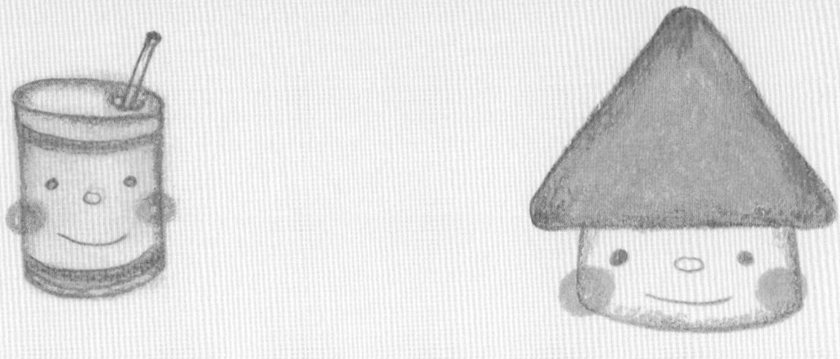

大家都追求隨時隨地、
安全美味的結果，
我們的食物裡漸漸開始使用很多
化學物質。
標籤上寫了好多我們從來沒看過
的物質。

EARTH叔叔試做
便利商店的飯糰
放入什麼東西啊？
碎念
碎念
化學粉末
鹽
海苔

廢
棄

但日本同時也是一個隨意丟棄食物的國家。一年內丟棄的糧食大約612萬噸，612萬噸是世界糧食支援（300萬噸）的兩倍數量。臺灣廚餘量比日韓平均多20%，與歐美並列浪費大國。

到底需要？
還是不需要？
你要選哪一邊呢？

只要花一點時間，就可以做出自己需要的分量。
也不需要加入無謂的成分

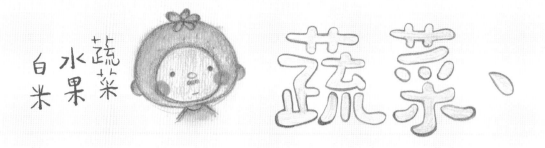

蔬菜
水果
白米

蔬菜、

沒有瑕疵、沒有蟲蛀、形狀整齊漂亮的蔬菜和米，
以低廉的價格擺放在店裡。
無論任何季節，不管是哪裡的物產，我們都可以隨時買到，
非常方便。

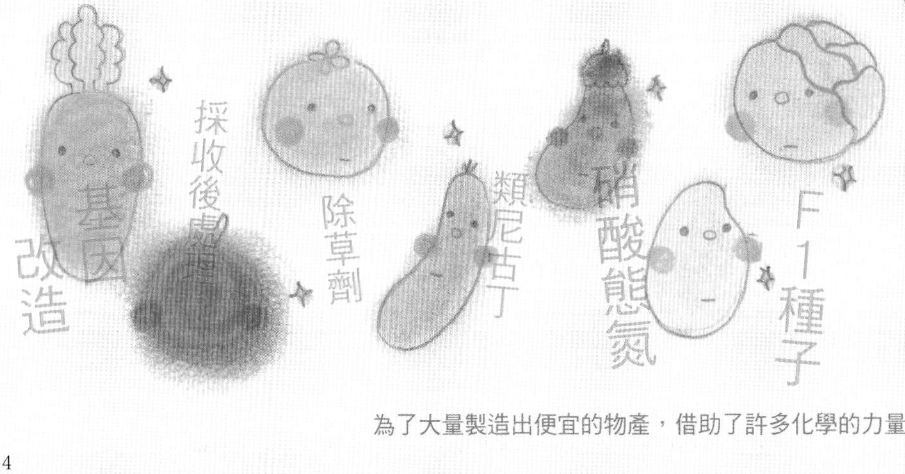

許多能正式大量生產的農場出現，安全上仍有疑慮的基因改造食品，也漸漸出現在我們的餐桌上。

為了大量製造出便宜的物產，借助了許多化學的力量，卻衍生了這些問題。

水果、白米

為了能便宜、有效率、大量製造，
人類開始改變種子，也用了許多農藥和肥料。
確實，這麼一來可以種出許多蔬菜，但是土壤變髒了，水也變髒了，
其他植物枯萎了，蟲漸漸變少，遠離自然類似工業製品的食物越來越多。

加點藥吧！
不要啊～
我吃飽了～

因為農地的平衡失調，
又需要更多農藥，
惡性循環就這樣開始……

喔……
不要啊～
不要啊～

而這些用了大量農藥的蔬菜，
最後都送到我們的餐桌上。

我泡了茶
大量製造、大量丟棄
土壤和水越來越髒，
最後這些都會回到你們的身體上。
土壤和水孕育了你們吃的東西，不是嗎？

我們真的需要用大量農藥、
化學肥料來生產基因改造的食物嗎？
要不要再多想一想呢？

隨時隨地
價廉物美
輕鬆方便

現在我們隨時隨地，

都可以吃到味美價廉的肉類。

肉類特賣日
吃到飽
120分
牛肉
豬肉
雞肉
我可以吃冰淇淋嗎？
烤好了喔！
好啊！好啊！
今日特惠
七折

現代人非常愛吃肉，

而臺灣人的肉食消耗量普遍高於建議量3倍。

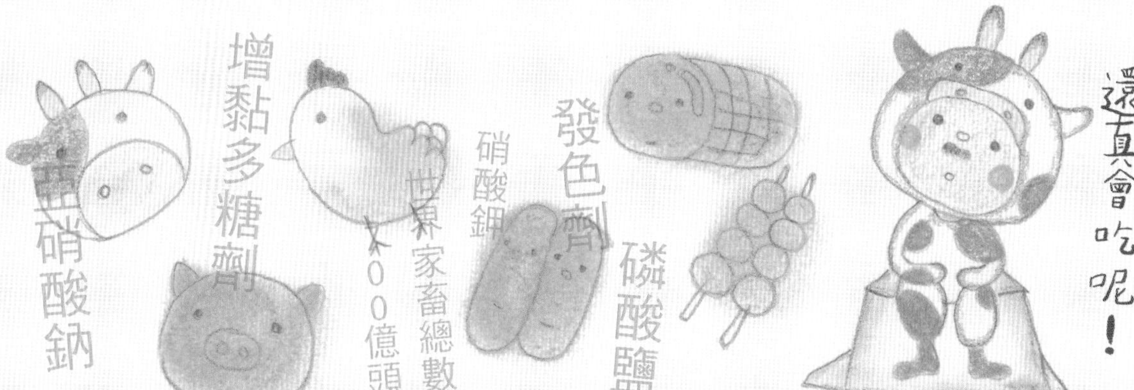
硝酸鈉
增黏多糖劑
世界家畜總數
硝酸鉀
發色劑
磷酸鹽
還真會吃呢！

我們大量食用肉品，背後卻衍生了這些問題。↗

比方說牛的問題，
為了養育大量的牛隻，
人類開墾高山和森林，破壞了環境，
耗費大量穀物作為牛的飼料，
牛的排泄物也汙染了河川和地下水。

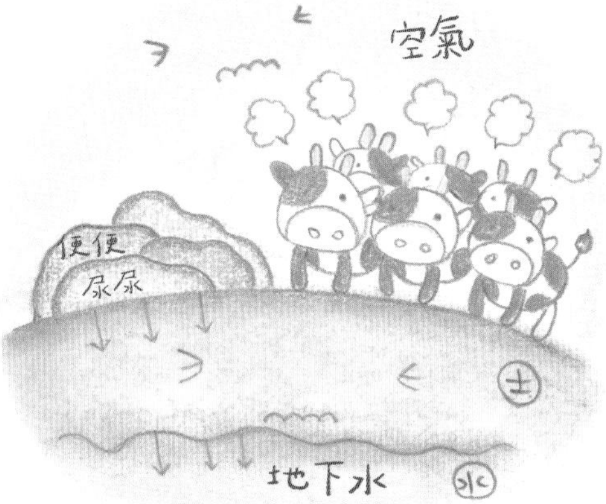

地球上約有15億頭牛。
每天這些牛要喝1700億公升的水，
吃600億公斤的穀物，
排放比人類多130倍的糞尿。
牛打嗝時釋放出的甲烷，
也是導致地球暖化的原因之一。

減少吃肉的日子吧！
就從做得到的事開始！
好，就這麼辦！
8月

牛吃掉大量的飼料，
另一方面卻有10億人苦於糧食不足，
每年有300萬人因為營養失調而生病死亡。

魚類

魚兒
魚兒 魚兒
魚兒 魚兒
魚兒♪

現在，我們隨時隨地都可以用便宜的價錢
吃到很多種類、來自各國的魚。

壽司啊～
好想吃
鱸魚
鮪魚
甜蝦
星鰻
竹莢魚
小鰺魚
鮪魚腹肉
鮪魚中腹

鮪魚、

章魚、

好啊！

哈密瓜嗎？
媽媽，我可以吃

鮮魚

隨時隨地
價廉物美
輕鬆方便

我愛爾蘭來的
你哪裡來的？
底拖網漁法
流刺網漁法
我是智利
延繩漁法
卷網漁法
那是哪裡？
我是摩洛哥
流網漁法

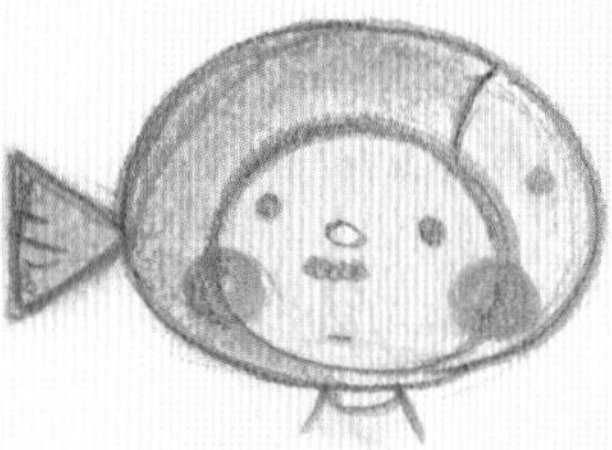

為了能夠更有效率
捕到更多魚，人類
開發出許多捕魚的
方法，在全世界各
個海域捕魚。

但海裡真的有那麼多魚嗎？↗

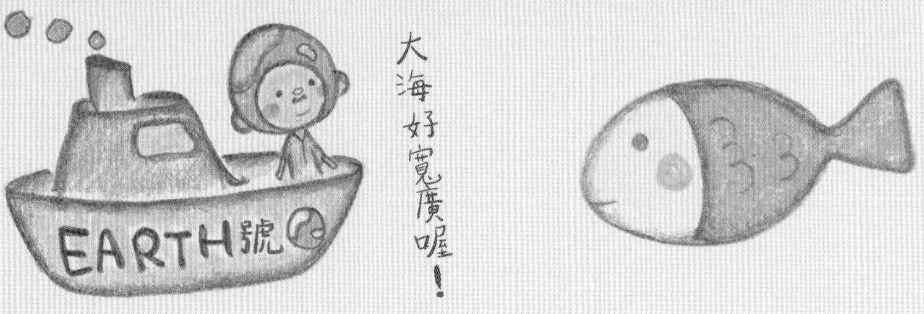
EARTH號
大海好寬廣喔！

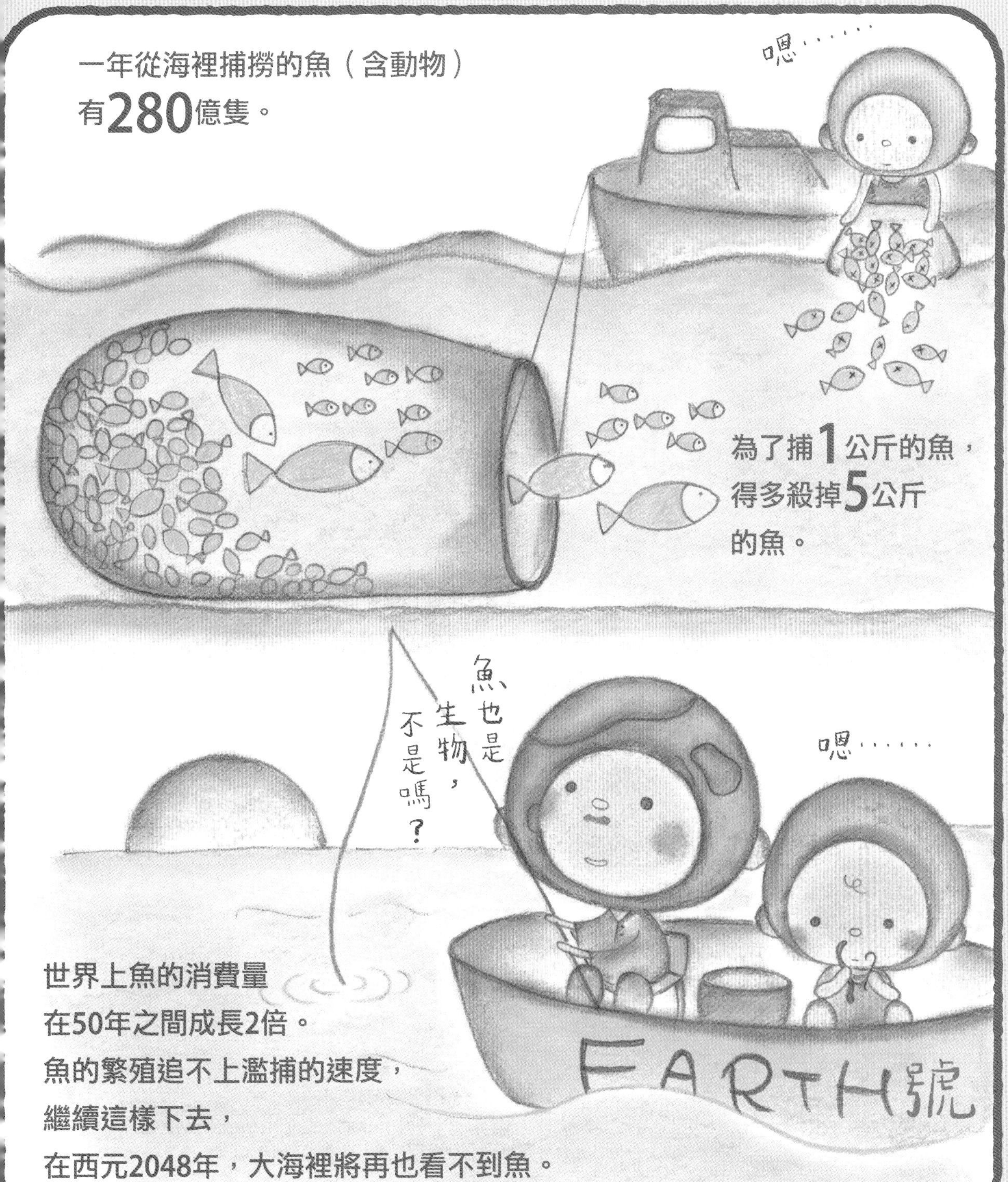
嗯……
魚也是生物，不是嗎？
嗯……
EARTH號

一年從海裡捕撈的魚（含動物）
有**280**億隻。

為了捕**1**公斤的魚，
得多殺掉**5**公斤
的魚。

世界上魚的消費量
在50年之間成長2倍。
魚的繁殖追不上濫捕的速度，
繼續這樣下去，
在西元2048年，大海裡將再也看不到魚。

大家覺得如何？
我們的生活中，以什麼為優先呢？
向來以便宜、方便、賺錢為優先的我們，
真正應該重視的，到底是什麼？

我有這麼
輕嗎？
你說呢？
小子……
坐好
為什麼呢……

我們為了自己的生活，
破壞了什麼？

什麼才是我們
真正應該注意的事呢？

這樣下去真的好嗎？

什麼是被我們遺忘的事呢？

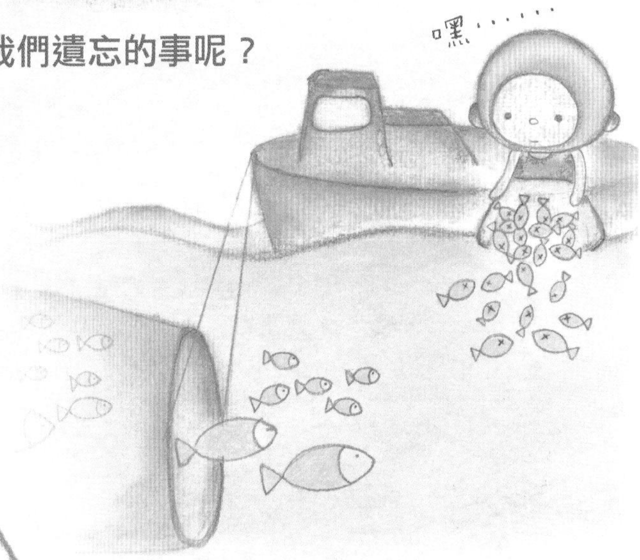

我們的生活
該以什麼為優先呢？

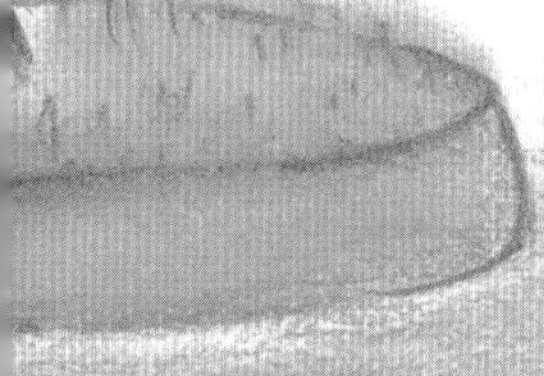

看不見重要的東西，
把金錢和利益放在最前面，
結果犧牲了許多東西，
也破壞了許多東西。

即使如此，我們還是不滿足……

我們到底在做什麼呢……

為了什麼爭執

互相傷害？

為了什麼

製造這些東西
四處散布？

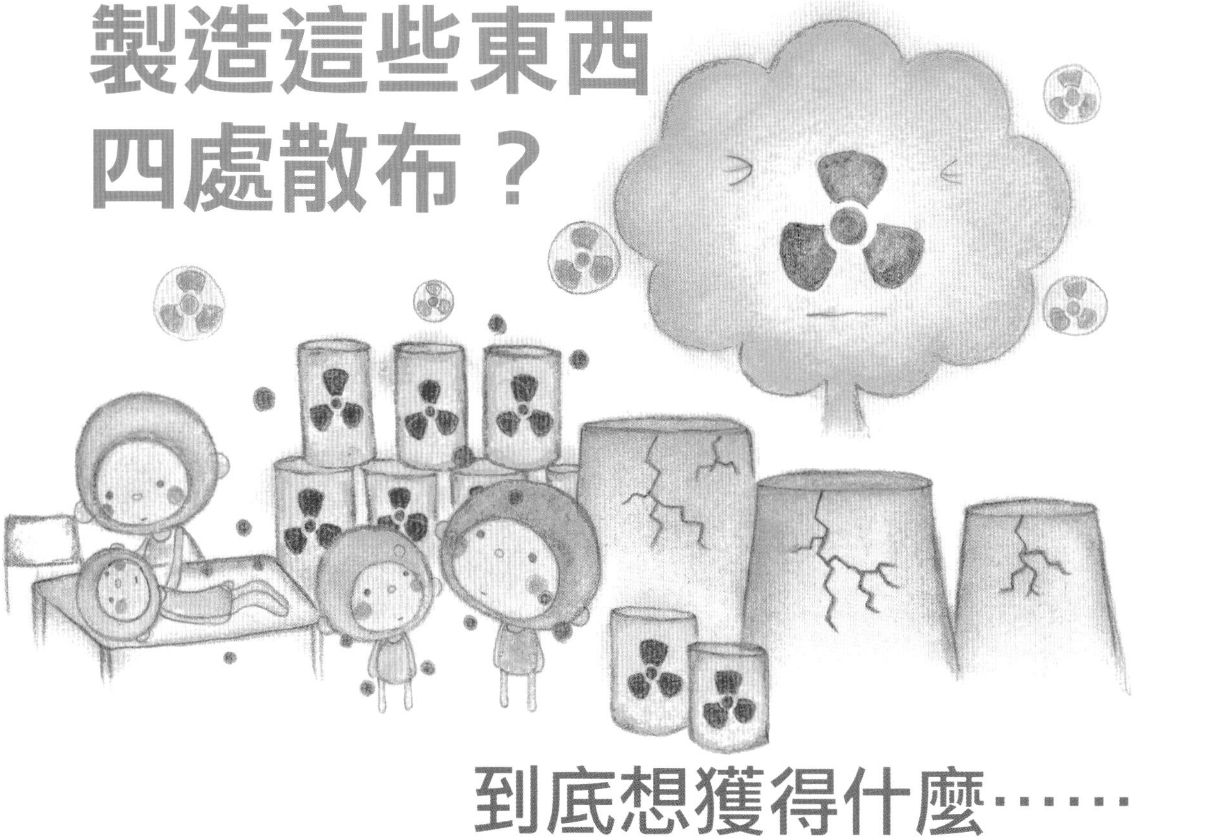

到底想獲得什麼……

EARTH叔叔早在我出生的很久很久之前
就一直看著人類。

只要互相分享就一定足夠，
只要彼此幫助就可以生存，
但同類的生物卻不斷爭執，
明明地球資源不屬於自己，
卻你爭我奪，
最近人類還會因為一堆莫名其妙的紙片彼此傷害，
本來以為開始稍微反省，結果又重蹈覆轍。
還想要更多、這個也要那個也要，
腦子裡只想著自己，
已經到手的東西卻輕易拋棄。
傷害許多生物，
也傷害自己的身體，
人類到底想做什麼？
EARTH叔叔的臉上，寫滿了不解。

「小子，你怎麼想？」
EARTH叔叔問我。

EARTH地球叔叔教我的事

這個世界上有許許多多的問題
有時候我們會覺得悲傷、痛苦，
但也會覺得開心。

因為我們知道，有悲哀的選擇，
也有幸福的選擇，
而且要選擇哪邊，都可以由自己決定。

我希望自己可以成為一個
溫柔對待自然和生物，
替別人著想的大人。

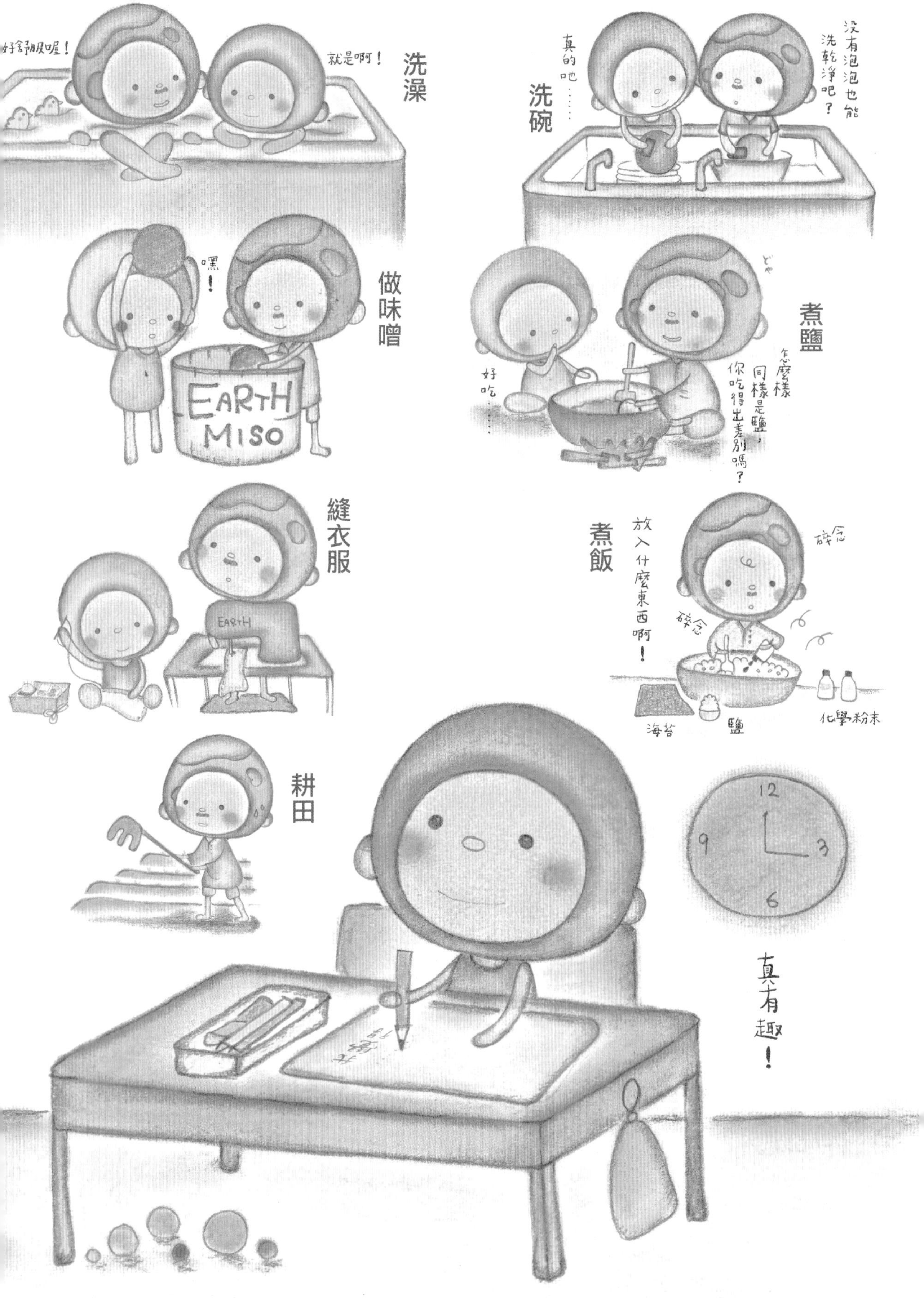

好舒服喔！
就是啊！
洗澡
洗碗
真的吧……
沒有泡泡也能洗乾淨吧？
做味噌
嘿！
EARTH MISO
煮鹽
どや
好吃……
怎麼樣
同樣是鹽，你吃得出差別嗎？
縫衣服
EARTH
煮飯
放入什麼東西啊！
碎念
碎念
海苔
鹽
化學粉末
耕田
真有趣！

你知道嗎？
如果你能了解許多問題、感受到許多東西，
並且進一步思考，
就表示你是個善良的孩子。

不如試著改變？
不如試著行動？
如果能有這樣的念頭，
就表示你是個勇敢的孩子。

有人會覺得，
光靠我一個人行動也不會有任何改變，
但絕對不是這樣。
只要每個人能多一點善良、
多一點勇敢，這個世界一定會變得更好。

你可能會覺得不安，
也可能會覺得厭煩，
但是，別把一切都交到別人手中。

希望的光芒，就在你們當中。
每一個人散發的光芒雖小，
但是集結起來，就會像這片星空一樣，照亮黑夜。

這或許不是一件簡單的事，
但你們過去已經克服了種種困難。
只要堅持不放棄，勇往直前，
一定可以找到更好的答案。

所以我還要說好多次，
不管其他人怎麼說，我都要告訴你：
「不要放棄幸福的未來。」

開開心心的活下去吧！
我會一直看著你的。

結語

我開始對原本自己漠不關心的問題感興趣，是因為自己的孩子出生了。日常生活中各種物品，為了孩子，我盡量挑選天然的東西，就在這樣的生活中，發生了311大地震。許多原本應該能保護的生命，都在災害中不幸喪生，面對這樣的現實，我對這個世界也產生了更多的疑問。添加物、農藥、輻射、化學物質、基因改造食品、疫苗、過剩的藥品……知道越多，我就越了解我們眼前面臨著多少問題。

而孩子們的身體，也不斷發出哀鳴。「我們該怎麼辦才好？」就在苦思這個問題的同時，我發現，其實我們每天的選擇（購物）都跟社會有關。用「購買」帶來改變。這或許就是守護孩子的生命和未來，還有這個星球的方法。

帶著這樣的信念，我創作了這本書，希望本書可以帶給像從前的我一樣，想替孩子做些什麼，卻不知從何下手的爸爸媽媽們一點靈感，起心動念，一起「傳達」、「行動」。

希望這本書，可以開啟許多人的第一步。也希望這些步伐，可以帶來更多孩子的笑容。

——繪者／法生

另一個結語

寫給拿起這本書的讀者們。我們生存的世界，有許多問題，同時也有許多人不斷行動，希望能解決這些問題。8年前，我在西非幾內亞共和國創業，看過許多貧困地區的實際現狀。抱著營養失調孩子乞討的母親；翻垃圾堆找食物只為了獲取今日溫飽的孩子；再怎麼努力工作也無法逃離的貧困陷阱；我發現這些問題的根本，都與我的生活方式脱不了關係。

乍看之下或許會覺得是難以解決的龐大問題，但是追根究柢，都建立於我們的「選擇」之上。既然如此，如果想改變未來，就必須改變我們自己的「選擇」。不只是發生在遙遠國家的問題，發生在我們身邊許多問題的根本也都大同小異。我認為，這些都出於人們的「漠不關心」，不知道該改變什麼。不知道該傳達什麼。

我之所以寫下這本書，是希望可以幫助心裡有這些想法，只是單純希望擁有更好未來的朋友。每個人都會希望自己的家人、珍視的人，還有自己能夠過得幸福。能給大家帶來一點幫助，將是我最大的喜悦。

期待拿起本書的每一位朋友，都能擁有更加燦爛美好的人生。

——作者／藤原宏宣

這種裙子叫作龍吉
(Lungi)
這是什麼?

圖｜**法生**

本名：長澤美穗。1979年出生於日本於新潟縣。插畫家（擅長粉彩、水彩、色鉛筆、油畫及版畫）。本來是個對社會問題漠不關心的兩寶媽，但是在2011年的核事故中，讓她開始對環境有了一些疑問，開始思考應該如何保護這個我們生活的世界，並透過臉書等媒體，用她最喜歡的插圖發聲。

從20年前開始，她以「家庭之愛」為主題創作，2014年在日本各地舉辦了個展，獲得很大的迴響，便以法生為筆名持續發表創作。

文｜**藤原宏宣**

1980年出生於日本大阪。創立了「NGO GOODEARTH」非營利性組織。大學畢業後，原本在一家中小企業工作，但3年後離開公司。在研究社會中的各種問題時，特別關切「貧窮」這個主題。於是開始成立公司並發展業務，幫助在幾內亞、尼泊爾和孟加拉等國創造當地就業。在日本，作為每月高達200萬點擊量「健康推薦」網站的管理員，他積極參與全國各地的講座活動。最欽佩的人是聖雄甘地。

翻譯｜**詹慕如**

自由口筆譯工作者。翻譯作品散見推理、文學、設計、童書等各領域，並從事藝文、商務、科技等類型之同步口譯、會議與活動口譯。童書譯作有「晨讀10分鐘：科學故事集」系列、「晨讀10分鐘：實驗故事集」系列、《惡作劇婆婆》、《小青蛙睡午覺》、《第一次自己睡覺》、《是誰送來禮物？》等。

臉書專頁：譯窩豐 www.facebook.com/interjptw

主要參考文獻

《快時尚為何便宜？》（ファストファッションはなぜ安い？）
伊藤和子著，Commons

《魚線的盡頭》（飽食の海——世界からSUSHIが消える日）
查爾斯．克洛弗（Charles Clover）著，脇山真木譯，岩波書店

《糧食殺手》（さらば食糧廃棄）
斯特凡．克魯茲博格（Stefan Kreutzberger）、瓦倫丁．特恩（Valentin Thurn）著，長谷川圭譯，春秋社

《世界漁業、養殖業白皮書（2016年）》（世界漁業．養殖業白書（2016年））
聯合國農糧組織（FAO），嶋津靖彥譯，國際農林業協動協會

《治療地球的方法》（地球のなおし方）
丹尼斯．米都斯（Dennis Meadows）、枝廣淳子、唐奈娜．H．米都斯（Donella H. Meadows）著，鑽石社

電影**〈畜牧業的陰謀〉**（Cowspiracy：サステイナビリティ（持続可能性）の秘密）

電影**〈時尚代價〉**（ザ．トゥルー．コスト——ファストファッション　真の代償）

經濟產業省官方網站

水產省官方網站

聯合國兒童基金官方網站

＊亦參照其他多數書籍、紀實電影、報章雜誌、網站。

精選圖畫書　EARTH 地球叔叔教我的事——做對選擇就能改變　圖／法生　文／藤原宏宣　譯／詹慕如

總編輯：鄭如瑤　審訂：葉欣誠（國立臺灣師範大學環境教育所所長）　主編：詹嬿馨　美術編輯：黃淑雅　行銷主任：塗幸儀
社長:郭重興　發行人兼出版總監:曾大福　業務平臺總經理:李雪麗　業務平臺副總經理:李復民　海外業務協理:張鑫峰
特販業務協理：陳綺瑩　實體業務經理：林詩富　印務經理：黃禮賢　出版與發行：小熊出版・遠足文化事業股份有限公司
地址：231 新北市新店區民權路 108-2 號 9 樓　電話：02-22181417　傳真：02-86671851　劃撥帳號：19504465
戶名：遠足文化事業股份有限公司　客服專線：0800-221029　E-mail：littlebear@bookrep.com.tw　Facebook：小熊出版
讀書共和國出版集團網路書店：http://www.bookrep.com.tw　法律顧問：華洋法律事務所／蘇文生律師　印製：凱林彩印股份有限公司
初版一刷：2019 年 04 月　初版二刷：2019 年 06 月　初版三刷：2020 年 02 月　定價：320 元　ISBN：978-957-8640-88-7

小熊出版讀者回函　小熊出版官方網頁